기획의 말

그리운 마음일 때 'I Miss You'라고 하는 것은 '내게서 당신이 빠져 있기(miss) 때문에 나는 충분한 존재가 될 수 없다'는 뜻이라는 게 소설가 쓰시마 유코의 아름다운 해석이다. 현재의 세계에는 틀림없이 결여가 있어서 우리는 언제나 무언가를 그리워한다. 한때 우리를 벅차게 했으나 이제는 읽을 수 없게 된 옛날의 시집을 되살리는 작업 또한 그 그리움의 일이다. 어떤 시집이 빠져 있는 한, 우리의 시는 충분해질 수 없다.

더 나아가 옛 시집을 복간하는 일은 한국 시문학사의 역동성이 드러나는 장을 여는 일이 될 수도 있다. 하나의 새로운 예술작품이 창조될 때 일어나는 일은 과거에 있었던 모든 예술작품에도 동시에 일어난다는 것이 시인 엘리엇의 오래된 말이다. 과거가 이룩해놓은 질서는 현재의 성취에 영향받아 다시 배치된다는 것이다. 우리는 현재의 빛에 의지해 어떤 과거를 선택할 것인가. 그렇게 시사(詩史)는 되돌아보며 전진한다.

이 일들을 문학동네는 이미 한 적이 있다. 1996년 11월 황동규, 마종기, 강은교의 청년기 시집들을 복간하며 '포에지 2000' 시리즈가 시작됐다. "생이 덧없고 힘겨울 때 이따금 가슴으로 암송했던 시들, 이미 절판되어 오래된 명성으로만 만날 수 있었던 시들, 동시대를 대표하는 시인들의 젊은 날의 아름다운 연가(戀歌)가 여기 되살아납니다." 당시로서는 드물고 귀했던 그 일을 우리는 이제 다시 시작해보려 한다.

기획의 말

그리운 마음일 때 'I Miss You'라고 하는 것은 '네게서 당신이 빠져 있기(miss) 때문에 나는 충분한 존재가 될 수 없다'는 뜻이라는 게 소설가 쓰시마 유코의 아름다운 해석이다. 현재의 세계에는 틀림없이 결여가 있어서 우리는 언제나 무언가를 그리워한다. 한때 우리를 벅차게 했으나 이제는 읽을 수 없게 된 옛날의 시집을 되살리는 작업 또한 그 그리움의 일이다. 어떤 시집이 빠져 있는 한, 우리의 시는 충분해질 수 없다.

더 나아가 옛 시집을 복간하는 일은 한국 시문학사의 풍성이 드러나는 장을 여는 일이 될 수도 있다. 하나의 새로운 예술작품이 창조될 때 일어나는 일은 과거에 있었던 모든 예술작품에도 동시에 일어난다는 것이 시인 엘리엇의 오래된 말이다. 과거가 이룩해놓은 질서는 현재의 침입에 영향받아 다시 배치된다는 것이다. 우리는 현재의 빛에 의지해 어떤 과거를 선택할 것인가. 그렇게 시사(詩史)는 되돌아보며 전진한다.

이 일들을 문학동네는 이미 한 적이 있다. 1996년 11월 황동규, 마종기, 강은교의 첫번째 시집들을 복간하며 '포에지 2000' 시리즈가 시작됐다. "생이 덧없고 허기질 때 이따금 가슴으로 암송했던 시들, 이미 절판되어 오래된 명성으로만 만날 수 있었던 시들, 동시대를 대표하는 시인들의 젊은 날의 아름다운 연가(戀歌)가 여기 되살아납니다." 당시로서는 드물고 귀했던 그 일을 우리는 이제 다시 시작해보려 한다.

밤에 쓰는 편지

문학동네포에지 002

김사인 시집

밤에
쓰는
편지

시인의 말

부모님의 수연에 맞추어 첫 시집을 낼 수 있다니, 생애에 또 한번 있기 어려운 복이다. 누구에게랄 것 없이 고맙고 고맙다.

유난히도 곡절 많은 삶을 사셨다고 생각되는 분들이어선지 그이들의 갑년을 당하매 자꾸 눈물이 쏟아지려 한다. 뉘 집 자식인들 다를까마는 나는 아버님의 다감하고 다정하심과 어머님의 온화한 가운데 굳으신 성품을 깊이 사랑하며 자랑스러워하고 있다. 그 성품들로 해서 그분들은 많이 고통받으셨다. 모쪼록 갑년의 기념으로 이 작은 책을 기꺼이 거두어주신다면, 그리하여 그분들의 고단하신 나날에 다소나마 위안으로 삼아주신다면 더할 나위 없는 기쁨으로 알겠다.

나는 주변의 여러 어른들 그리고 선배·동료들의 분을 넘는 사랑과 너그러움에 기대어 오늘 이렇게나마 있다. 나의 게으름과 비재와 어눌함을 그분들은 결벽스럽고 신중한 것이라 감싸주셨고, 심약과 우유부단함을 짐짓 세심하고 정이 많은 것이라고 여겨주셨다.

이 시집만 해도 이영진·강형철·김형수 세 동료 시인들의 애정 어린 독려와 도움, 수연일에 댈 수 있도록 도무지 가능하지 않을 일을 되게 만드신 김정순 선생님의 배려가 없었다면 꾸려질 수 없었을 것이다. 게다가 오래 그립던 벗 정명교와 한연호 두 분이 바쁜 중에도 열 일을 제치고 마음 한 자락씩을 보태어주셔서 발문과 표지를 갖춘 책 모양이 되니, 나의 주제에 참으로 당치도 않은 복이다. 깊이 감사드린다. 모쪼록 이 못난 시들이 그분들의 뜻에 되도록 적게만 어긋나는 것이기를 빌 따름이다.

시들은 대개 쓰여진 시기의 역순으로 배열했으며, 부끄러움을 무릅쓰고 대학 시절의 치기 어린 시들 몇을 4부에 포함시켰다. 그것 역시 어쩔 수 없는 한 시절의 분신들이다. 독자들로부터 너무 구박받지 않았으면 좋겠다. 아직도 나는 시에 대해 할말이 마땅치 않다. 막연하지만 노동과 사랑이, 옳음과 아름다움이, 희망과 슬픔이 어떤 수준에서건 통일되는 자리쯤에 시가 서야 한다고 더듬거려볼 뿐이다. 그것뿐이다.

1987년 9월 25일
김사인

개정판 시인의 말

그 시절의 울분과 설움을 떠올리고 싶지 않았다. 영영 끝날 것 같지 않던 그 젊은 날이라니. 두려움을 들키지 않으려 얼마나 애썼던가.

옛 시들을 힘겹게 다시 읽으며, 대수롭달 바도 없었지만 그렇다고 크게 밉지도 않았다.

'노동과 사랑이, 옳음과 아름다움이 어떤 수준에서건 통일되는 자리쯤에 시가 서야 한다'고 생각했었고, 회피하지 않으려 딴에는 애썼고, 지금도 그 생각에 큰 변함은 없다. 지렁이 같은 낮은 배밀이로만 그 자리에 이를 수 있다는 확신 같은 것이 더 보태졌을 뿐이다.

구두점을 살렸다. 구두점을 없애 다양한 해석의 여지를 둘 수도 있겠지만, 불필요한 오독의 여지를 줄이는 쪽이 떳떳하겠다고 생각한다.

그래도 역시 지난 연대의 아픔을 다시 읽고 싶지는 않고, 다만 세상에 좀더 평화롭고 따뜻한 일들이 많아졌으면 한다.

2020년 10월
김사인

차례

제3부

제4부

제1부

밤에 쓰는 편지 1

그대로 하여
저에게 이런 밤이 있습니다.

오늘따라 비까지 내려
오가는 사람들은 더 바삐 서두르고
우산이 없는 여학생 아이들은
무거운 가방을 들고 울상입니다.
팔다리가 있는 짐승들은 모두
어디로 총총히 돌아갑니다.

그러나 저기
몇 안 남은 잎을 바람에 마저 맡기고
묵묵히 밤을 견디는 나무들 있습니다.
빛바랜 머리칼로 찬비 견디는 풀잎들이 있습니다.

그대로 하여
저에게 쓰거운 희망의 밤이 있습니다.

밤에 쓰는 편지 2

—'반고문전'에 붙여

아버지
저희가 캄캄한 세상의 한 모퉁이에서
당신의 이름을
부르짖고 있습니다.
부르짖고 있습니다.
그대의 볕으로 자란 풀과 꽃
선한 목숨들이 사정없이 무너지고 있습니다.

개들이, 어둠 속에서 더러운 개들이
×지를 홀딱 까고
아무데에나
낄낄거리며 그걸 들이밀고 있습니다.

어린 풀들은 소스라치고
차가운 시멘트 위에서
사금파리들은 다시 또 산산이 부서져
아뜩한 비명으로 하늘을 찢습니다.

이 무량수겁 어둠의
추운 윗목 발치에
처자식 데리고 쥐새끼처럼 꼬부려앉아
아아 숨죽인 제 통곡 덧없습니다.

밤에 쓰는 편지 3

한강아
강가에 나아가 가만히 불러보았습니다.

그러나 이처럼 작은 목소리에는
대답하지 않습니다 돌아보지도 않습니다.
떨리는 목소리나 값싼 눈물 몇 낱으로
저 큰 슬픔을 부를 수는 없을 것입니다.

진즉 알고는 있었습니다.
한강아
부르면서 나는 무엇을 또 기대했던 것인지요.
큰 손바닥과 다정한 목소리를 기다렸던 것인지요.

나도 한줄기 강이어야 합니다.
나도 큰 슬픔으로 누워
머리 풀고 나란히 흘러야 합니다.

초혼(招魂)

—이을호에게

넋이여 돌아오너라
모두 그대를 기다리고 있으니.
저 버려져 초라한 풀과 나무들
숨죽여 어두운 골목 서성거리는
풀죽은 바람소리
듣고 있느냐.

머물던 자리에 온기 여전하고
헝클어진 머리칼과 땀냄새, 불타던 눈빛의 기억이
그대 거기 있는 듯 생생하다.
여한 없이 큰 사랑으로 떠난 것이 아니라면
온몸 불살라 온전히 죽음을 이룬 게 아니라면
돌아오라 다시.
아직도 피 뜨거운 이들은 큰 근심으로 몸이 마르고
그대의 사랑은 죽음에 닿을 만큼 더 단단히 익어야 한다.

그대 깊은 곳 눈 시린 속살
눈 있는 이들은 이제 보아 그 결곡함 알았으리.
그대 지상의 끈을 놓고
어느 어둠 속을 헤매느냐.
죽음도 삶도 아닌 곳으로
스스로를 흩어버리다니.

행여 쓰러진 자신이 부끄러워선가.

우리가 하나씩 목숨을 업고 세상에 와서
이미 엎어지고 자빠지기를 밥먹듯 했다.
이제 더 무엇이 쓰러짐이며 부끄러움이겠느냐.
넋이여,
욕심이다.
부끄러움도 욕심이다.
그 욕심마저 놓고
돌아오너라.
그대를 위해 마련한 음식과 의복도
빛을 잃었다.
벗들은 안타까워 흐느끼고 있다.
돌아오라 넋이여.

지상의 방 한 칸

—박영한님의 제(題)를 빌려

세월은 또 한 고비 넘고
잠이 오지 않는다.
꿈결에도 식은땀이 등을 적신다.
몸부림치다 와 닿는
둘째 놈 애린 손끝이 천근으로 아프다.
세상 그만 내리고만 싶은 나를 애비라 믿어
이렇게 잠이 평화로운가.
바로 뉘고 이불을 다독여준다.
이 나이토록 배운 것이라곤 원고지 메꿔 밥 비는 재주.
쫓기듯 붙잡는 원고지 칸이
마침내 못 건널 운명의 강처럼 넓기만 한데,
달아오른 불덩어리
초라한 몸 가릴 방 한 칸이
망망천지에 없단 말이냐.

웅크리고 잠든 아내의 등에 얼굴을 대본다.
밖에는 바람소리 사정없고
며칠 후면 남이 누울 방바닥
잠이 오지 않는다.

연변 한인자치주의 어린 누이에게

어린 누이여, 그곳에도 돌멩이는 굴러다녀 가방이 성가신 하굣길엔 툭툭 걷어차며 오나요. 흘러내리는 머리칼 고사리 손으로 쓸어올리며 흐르는 콧물도 소리 내서 들이마시나요. 그곳에도 반에 한둘씩은 싱거운 머시매들 있어 지우개도 뺏어가고 고무줄 끊고 낄낄 웃으며 내빼다 꼬라도 지고 동네 담벼락에다는 '누구하고 누구하고 얼레꼴레' 백묵 동가리로 그런 것도 쓰고 그러나요.

누이여 그곳에도 집과 어머니는 있어, 돌아오면 책가방을 마루에 팽개치며 '엄마 밥 줘' 소리치나요. 조선말, 아아 조선말로 소리치나요. 그러면 엄마는 빨래를 걷다 말고 얼른 쫓아나와 '온냐 내 새끼' 감싸안고 엉덩이를 토닥거려주시나요. '아이구 이 먼지 좀 봐라' 하고 마지막 한 대는 세게 탁 때리시나요. 누이여 그곳에도 또한 어린 동생들은 있어, 언니 가방을 뒤져 연필도 부러뜨리고 산수책 뒤엔 색연필로 그림도 그려놓고 놀러가는 언니를 징징거리며 따라도 오고 그러나요.

색동저고리 다홍치마 밖으로 맵시 있게 한쪽 발끝을 세워 내놓고 장고춤이 곱기도 한 어린 누이여! 그리워 가슴 벅차는 오래비 하나 여기 있는 줄 그대 알고 있나요. 그대도 이 오래비 그리워 가끔은 맘 설레나요. 묵은 잡지 속의

내 어린 누이여.

옥동의 한 아이에게

춥지 않으냐.
외진 신작로 마른 먼짓길
오뚝하게 혼자서 가고 있는 아이야.
해진 팔꿈치와 옷소매
쩍쩍 터 갈라진 네 조그만 주먹을 보며
꼬옥 움켜쥔 낡은 책가방을 보며
내 가슴은 사정없이 무너지는데,
코끝에 성가신 콧물을 문지르며
씩 웃는 네 얼굴은 말 못할 맑음으로 눈부시다

목숨의 소중함과 사랑을 떳떳이 말하지 못하여,
이제 내가 할말은
'춥지 않으냐'는 물음뿐.

추위와 가난을 썩 앞질러 야무지게 걸음을 옮기는
조그만 등에 대고,
네가 자라 더 거센 추위가 닥칠지라도
오늘의 이 눈빛 잃지 말고
힘차게 북을 치며 나아가라고
속으로만,
그러나 목이 터져라 나는 외치는데

들리느냐, 아하 우리의 아이야.

새벽별을 보며

—청주의 도종환 형께

서울에서 보는 별은 흐리기만 합니다,
술에 취해 들어와
그래도 흩어지는 정신 수습해
변변찮은 일감이나마 잡고 밤을 샙니다.
눈은 때꾼하지만 머리는 맑아져 창밖으로 나서면
새벽별 하나
저도 한잠 못 붙인 피로한 눈으로
나를 건너다보고 있습니다.
우리는 오래 서로 기다려온 사람처럼
말없이 마주봅니다.
살기에 지쳐 저는 많은 걸 잃었습니다.
잃은 만큼 또다른 것을 얻기도 했습니다.
그대도 시골 그곳에서 저 별을 보며
고단한 얼굴 문지르고 계신지요.

부질없을지라도
먼 데서 반짝이는 별은 눈물겹고
이 새벽에
별 하나가 그대와 나를 향해 깨어 있으니,
우리 서 있는 곳 어디쯤이며
또 어느 길로 가야 하는지
저 별을 보며 알 듯합니다.
딴엔 알 듯도 합니다.

고향의 누님

한 주먹 재처럼 사그라져
먼 데 보고 있으면
누님, 무엇이 보이는가요.

아무도 없는데요.
달려나가 사방으로 소리쳐봐도
사금파리 끝에 하얗게 까무러치는 늦가을 햇살뿐,
주인 잃은 지게만 마당 끝에 모로 자빠졌는데요.
아아 시렁에 얹힌 메줏덩이처럼
올망졸망 아이들은 천하게 자라
비어져나온 종아리 맨살이 차라리 눈부신데요.

현기증처럼 세상은 노랗게 흔들리고
흔들리는 세상을 손톱이 자빠지게 할퀴어잡고 버텨와
한소리 비명으로 마루 끝에 주저앉은
누님,

늦가을 스산한 해거름이네요.
죽은 사람도 산 사람도 떠나 소식 없고
부뚜막엔 엎어진 빈 밥주발
헐어진 토담 위로는
오갈든 호박 넌출만 말라붙어 있는데요.
삽짝 너머 저 빈 들 끝으로
누님,

무엇이 참말 오고 있나요.

새

거센 바람 속에
새가 난다
날아
나아가지 못하고
제자리에서 파득이는
저 혼신의 날갯짓이
넓은 강
건널까
보기 두려워
건널까
저 거센 힘과 파득임 사이
아슬한 균형 박차고
기어이 나아갈까

날아
못 가고 몸 솟구쳐 이름 없는 새
오른다
바람의 숨막히는 쇠그물의 끝을 향해 작은 새
피 묻어 오른다
유연한 포물선 아니라
예리한 비수로 파랗게 날 서
수직으로, 온몸을 던져 수직으로
솟구쳐
바람의 멱통을 쪼아, 쪼아

피투성이 육신으로
쪼아

살아
건널까 작은 새
죽음의 바람을 뚫고 넓은 강
몸은 벗어 장사 지내도 그 예민한 부리
살아 건널까
저 새
기어이

그날

—1980년 봄을 위한 비망록

갔지 흔들리며,
가슴속에 초조히 엇갈리는 기대와 불안을 애써 불지르며
목이 쉬도록 소리소리 외쳤지.
이제 그만, 그만이라고.
더러운 것들의 더러움과 또 비굴함을 온몸으로 소리치며
갔지, 가슴은 부풀어 터질 것 같았어.
청청한 하늘빛 처음 보며
우리는 비로소 서로 사랑할 수 있을 것 같았어.
우리의 손으로 만든 기폭을 높이 들고
눈물과 땀으로 범벅이 되어,
이제 아니라고
마침내 외쳤을 때, 우리
새벽이슬보다 곱고 순하게 빛났지.
빛났지 그날
쓰디쓴 굴욕과 알 수 없는 막막함의 멱살을 움켜잡고
혼신의 힘으로, 흔들리며
일어서
폭탄이 되어 달려갔던
그날, 우리는.

한강을 보며

가거라
아무도 보지 않을 때 이때
그러나 눈 있는 모든 이들 숨죽이며 지켜보는 이때
떠나거라 묵묵히
움직이지 않는 듯
뜨겁게 땅에 몸을 붙이고 굳굳하게

돌아올 수는 없을 것이다 한번 가면
죽은 넋 바람에 실려 빗물로는 몰라도
새푸른 한으로 번뜩이는 신새벽 이슬로는 몰라도
서릿발로는 몰라도 통곡처럼 퍼붓는 우박, 눈발로는 몰라도
떠나가면
살아서 우리 다시 만나기 어려우리라

흐르거라 이 밤이 새기 전에
버림받은 모든 것들
모멸과 안타까움, 속쓰림을 부둥켜안고
가거라 속 시원히
밤 깊어 고요할 때 이때
저 어둠의 복판으로

다시 한강을 보며

멀리서 보면 고요한데
가까이 다가가 속을 들여다보면
흐른다.
돌에 이마를 부딪치며
오만 잡쓰레기들끼리 얼크러져
서로 기대고 또 감싸안고
피 튀기며 거칠게.
비켜서서 숨 돌릴 곳은 세상 어디에도 없으므로
깊은 설움은 더 깊이 다스리고
치받는 신명은 소용돌이쳐 푼다.
간발의 틈도 없이
사정없이 부닥쳐
박살이 나면 다시 몸 추슬러 더욱 세차게.

삶의 이 진저리나는 격렬함.
그러나 다시 멀리서 보면
한강은 백치같이 무심한 얼굴로
또 한번 우리를 갈긴다.

한 사내

한 사내 걸어간다 후미진 골목

뒷모습 서거프다 하루 세 끼니

피 뜨거운 나이에

처자식 입속에 밥을 넣기 위하여

일해야 하는 것은 외로운 일

몸 팔아야 하는 것은 막막한 일

그 아내 자다 깨다 기다리고 있으리

차 소리도 흉흉한 새로 두시

고개 들고 살아내기 어찌 이리 고달퍼

비칠비칠 쓰레기통 곁에 소변을 보고

한 사내 걸어간다 어둠 속으로

구겨진 바바리 끝엔 고추장 자국

형님 전 상서

형님, 한심한 짓만 골라 저지르며 남의 덕에 밥 먹고 사는 저는
속 편한 소리 탕탕 합니다.
사람 사는 게 어디 돈만 가지고 되는 거냐고
떳떳이 살아가다보면
밥은 굶지 않게 되어 있다고
배부른 소리만 써도 안 먹게 지껄이고 앉았습니다.
인마, 넌 이 새끼, 고생을 덜 해서 몰라,
그러며 내게 말씀합니다.
집구석 와장창 거덜나고
형님과 나 대전으로 유학 나와
밭둑의 쑥 뜯어 국 끓여 먹고
눌어붙은 엊저녁 국숫가락 몇 건져 입맛 다시며
학교길 시오리 걸어다니던
중고등학교 자취 시절 말씀합니다.
웬수 같지만 하나뿐인 동생인지라
내 수업료 먼저 주고 형님은 등교 정지 먹고,
속 모르는 담임한테 빰때기 얻어맞던 날은
분해서 분해서
독하게 참아온 눈물보가 터지더라는
그 시절 말씀합니다.
가슴에 사무치는 그 시절 얘기
꺼낼 적마다 형님은 목이 메고
나도 눈물 핑 돌아

에유, 그만 됐어유, 합니다.
그래두 너무 돈 돈 그러지 마유
형님은 돈에 포원이 졌지만
나는 돈에 디귿자도 진저리가 나유,
싸가지 없이 쭝얼거립니다.
그러다 괜히 서먹해져 형님은 일어서시고
꾀죄죄한 동생놈 꼬라지가 그래도 안쓰러워
눈물겨운 돈 일이만 원 부시럭부시럭 꺼내놓으며
야 인마, 너 담배 좀 어지간히 펴
한마디 쥐어박고 횡 나가십니다.
형님의 자린고비 타령도 제 어여쁜 말들도
끝판에는 이 모양으로 다 도루묵이니
이게 바로 그 더럽고 지긋지긋하다는
동기간 정인 모양입니다.
까짓놈의 돈이야 번들 대수며 안 번들 별겁니까,
이 더럽고 지긋지긋한 것에 몸 푹 담그고 있으면
못 견디게 세상 살맛나고 든든하고
아시겠지요, 그래서 저는 자꾸 어깃장 놓습니다.
깐족깐족 형님께 달려듭니다.
가끔은 형님도 그 재미에 억지소리 보태시는 줄
제가 압니다 형님.

자유

이 끝 모르는 어둠의 깊이로부터
모진 눈빛으로부터
두려워 끝내 잠조차 들 수 없는 목 졸림의 악몽으로부터
또한 아끼고 싶은 더 많은 눈빛의 애틋함으로부터
그러나 손쉬운 사랑으로부터
벗들의 여윈 어깨의 기억으로부터
빼앗긴 논밭들의 말라붙은 앙가슴으로부터
삭막한 얼굴과 햇볕에 바스러진 머리칼, 거친 두 손의 기억으로부터
루핑 지붕으로부터 창백한 얼굴들로부터
희망의 어디에도 없음으로부터
아득한 옛날의 푸르던 하늘빛의 기억으로부터
사각거리는 바람소리로부터
자유로부터
저 날 선 감시의 자유로부터 푸른 옷의 기억으로부터
병든 육신과 때에 전 소매로부터
모든 추억으로부터
모든 미소로부터
모든 부질없는 기대로부터
모든 따스함으로부터
모든 아름다움으로부터
모든 자유의 기억으로부터
이 살 닳는 안타까움으로부터
아름다웠던, 그러나 이제는 흘러간 옛 노래로부터

속수무책으로부터 비명과 핏자국 옆에서의
아아 눈 뒤집힘으로부터
끝내 서로 믿지 못함으로부터
따뜻한 잠자리의 가시밭길로부터
고운 웃음의 저 소름끼침으로부터
저 유혹으로부터
철모르는 어린것들의 저 무구함으로부터
그 애틋함의 끈질김으로부터
죄지은 얼굴 피 묻은 손들의 뉘우치지 않음으로부터
살육과 원한의 이 모진 사슬로부터
아득함으로부터

오오
우리는

목숨의 춤

—이애주님께

피가 튀네
선열하여라 저 응어리
외마디와 안간힘의
목울대 퉁겨쳐오르는 이 푸른 힘줄의 절망이여
캄캄하네
쫓기고 쫓겨 마침내 끝 간 데
한몸 더는 돌이킬 곳 없어
쓰러지네
쓰러지네 그러나
남은 한 뼘 목숨 모질게도 있어
꿈틀
먼 데서 오는 새벽 징소리에 들려
한 서린 뭇 것들 신음소리에 홀려 꿈틀
다시 꿈틀 일어서 흔들리며
몸 추슬러
다시 한번
청룡도 드는 칼로
제 배 제가 가른다
뿌려라, 저 불의한 무리에게
정한 피, 저 욕심 많은 무리에게 눈 홉뜨고

불꽃이 튀네
외마디와 안간힘의
이 숨막히는 외줄타기여

지쳐서 죽은 거지요*

—김규동 선생의 운을 빌려

꿈결 같은 사십 년이 아슬합니다.
걷히지 않는 안개 속인 듯
허기는 먹을수록 더하고
졸음만 끝없어 야속합니다.

잠결엔 듯 얼핏 두만강 물소리
반가워 깨어보면
여기는 여전히 캄캄한 밤입니다.
어머니
무슨 못된 헛것에 쫓기어 제가 여기에 있는 건지요.
말 못하는 짐승도 죽을 때가 되면 제 고향 쪽으로 머리를 두는데
사람의 탈을 쓰고 하는 일이 이럴 수는 없습니다.

이젠 돌이킬 수도 없이 되었습니다.
어머님 허락도 없이 제 머리는 허연 서리입니다.
어머님 허락도 없이 등은 어느덧 굽고
두 팔뚝은 검버섯까지 피어 살가죽이 밀립니다.
누구랄 것도 어디랄 것도 없습니다.
기막히고 원통하여
어루만져주시던 제 두 손을 눈앞에 펴놓고 앉았노라니
그저 말 못하는 눈물만 끝없습니다.

* '지쳐서 죽은 거지요'는 실향민이신 김규동 시인의 수필 제목이다.

영결(永訣)

산 이들 남아
흰옷 입고 절 올리니
하늘은 맑게도 개었습니다.
돌아보면 우리 한평생이 아득도 합니다.
그 굽이굽이 돌아
당신은 내 앞에 누워 계시고
살아남은 우리는 또 목숨 이어갈 궁리를 해야 합니다.
많은 돈도 벌지 못했고
남부러운 벼슬을 하지도 못했습니다.
'현고학생부군신위' 작은 위패가 초라해도 보입니다만
사느라고 살아왔습니다.
아름답던 때가 우리에게도 있었지요.
그러나 이제 영영 이별입니다.
다시는 손도 잡아볼 수 없습니다.
당신을 만나던 날 처음으로 큰절을 올렸지요.
희끗한 머리 가다듬고
내 남은 것 모두 모아
마지막 절을 올리오니
받으소서.
이제 우리가 무엇으로 또 만나겠습니까.
다시 만난들 어찌하겠습니까.

딸년을 안고

한 살배기 딸년을 꼭 안아보면
술이 번쩍 깬다 그 가벼운 몸이 우주의 무게인 듯
엄숙하고 슬퍼진다.
이 목숨 하나 건지자고
하늘이 날 세상에 냈나 싶다.
사지육신 주시고 밥도 벌게 하는가 싶다.
사람의 애비 된 자 어느 누구 안 그러리.
그런데 소문에는
단추 하나로 이 목숨들 단숨에 녹게 돼 있다고도 하고
미친 세월 끝없을 거라고도 하고
하여, 한 가지 부탁한다 칼 쥔 자들아.
오늘 하루 일찍 돌아가
입을 반쯤 벌리고 잠든 너희 새끼들
그 바알간 귓밥 한번 들여다보아라.
귀 뒤로 어리는 황홀한 실핏줄들
한 번만 들여다보아라.
부탁한다.

주왕산에서

가을볕
이 엄숙한 투명 앞에 서면
썼던 모자도 다시 벗어야 할 것 같다.
곱게 늙은 나뭇잎들 소리 내며 구르고
아직 목숨 붙은 것들 맑게 서로 몸 비비는 소리.
아무도 남은 길 더는 가지 않고
온 길을 되돌아보며
까칠한 입술에 한 개비씩 담배를 빼문다.

어떤 얼굴로 저 가을볕 속에 서면
사람은 비로소 잘 익은 게 되리.

바지랑대도 닿지 않는 아슬한 꼭대기
혼자 남아 지키는 감처럼
닥쳐올 그 어느 시간의 예감을 지키며
기다려야 한다면
나는 이 맑음 속에 어떤 자세로 앉아야 하리.

제2부

길

저 길
죽음으로 닿는 길
피할 수 있다면
도리질 치며 그러잡을 그 누구라도 있다면.
저 길
내 지나간 발자국 바람 속에 흔적도 없을
참혹한 절망과 자유의 길.
끝없는 잠 들어 꿈속으로도
그러나 피해 못 갈 길.
차라리 이대로 죽음일 수 있다면.
새 한 마리 해거름을 비껴 나는데
내 몸부림의 길이만큼 뻗어 있는 길
피해 못 갈 저 헛된 갈증의 길.

서림(徐林)이

잠이 오지 않는 밤에는 서림이를 생각한다.
괴로웠겠지
배신이 식은밥 물 말아 먹듯 쉬운 일은 아니므로
어쩔 수 없는 두려움 앞에서 자신이 미치게 모멸스럽기도 했겠지.
가장을 기다려 풀죽어 있을 아내와 새끼들 생각에
호젓한 곳을 찾아 피눈물도 쏟았으리.
낯 두껍게 뻔뻔스럽지 못하여
차라리 비굴을 택했던가.
삼강과 오륜의 허망함은 알았다 하나
아사리 판 세월에 지닌 건 다만 먹물 몇 방울.
거친 산도적들 틈에 몸을 던진 것은
사내의 호기가 아니라 도피가 아니었던가.

서림이를 생각한다.
그 비굴과 눈물겨운 교활함을
마침내 비명횡사하는 서툰 배신의 끝을
욕만 해서는 안 될 일 같아서
개운해해서만은 안 될 일 같아서.

개나리

한 번은 보았던 듯도 해라
황홀하게 자즈러드는
저 현기증과 아우성 소리.
내 목숨 샛노란 병아리떼 되어 순결한 입술로 짹짹거릴 때
그때쯤 한 번은
우리 만났던 듯도 해라.

몇 날 몇 밤을 그대
눈 홉떠 기다렸을 것이나
어쩔거나
그리운 얼굴 보이지 않으니.

사월 하늘
현기증 나는 비수로다
그대 아뜩한 절망의 유혹 이기고
내가 가리.

설움에 대하여

내 뒷모습으로 온다.
담벼락에 기대 소피를 보고
부르르 떠는 내 취한 어깨로 온다.
오스스 돋는 몇 알 소름으로 온다.
멋대로 팔을 뻗고 잠든
딸아이의 납작한 코로 온다.
말려올라간 종아리로 온다.
마른버짐 돋는 아내의 텅 빈 눈빛으로 온다.
내 에미 애비의 바랜 얼굴과 그 석 자 이름으로 온다.
벗들, 벗들의 처진 어깨로 온다.
눈꺼풀 덮어누르는 야속한 졸음으로 온다.

진달래

한봄 졸리움 속에
그대마저 스러지고 나면 어쩌리.

푸른 보리밭 지나
가느다란 흙길 끝난 데 산밑
홀태바지 가랑이도 땀에 젖고
깨진 옹기 조각들 햇빛에 날 서네.

부황 든 그대 참꽃물 파란 입술 가리고
고개 돌리면 어쩌리.

죽어가던 이들의 아득한 눈빛
지난겨울 하얗게 잦아들던 눈들의 비명이 아직 생생한데
가고 또 가서
돌아 못 오면 어쩌리 그대.

동인천역 풍경

모두들 기다리고 있었다.
졸고 있는 검표원의 입가에도
냉차 장수 아줌마의 땀 배인 콧등에도
그늘에 죽친 막벌이 짐꾼들의 낡은 샤쓰 앞자락에도
기다림은 깊이 숨어 있었다.

지리한 여름 한낮
길은 땡볕에 녹아나고
땀 젖어 거치적거리는 사타구니와 늘어진 몸짓들
그 속에 기다림은 숨어 엿보고 있었다.
올림픽 속보나 실없는 풍년 소식
지나가는 소나기 한 줄금이 아니라

그 소식!
그 소식을 기다려
애가 타고 있었다.

철거

초겨울 비가 질금거리고
지피다 둔 군불은 꺼져간다.
깨져 뒹구는 부룻쿠
스티로폼 쪼가리 여남은 장.
솜 뭉친 이부자리와 옷가지를 보자기로 덮는다.
세상 끝
절집 근처 풍치 보호 지역
간간 오가는 사람들 바라
껌 몇 통 쥐포 몇 마리 놓고 막소주를 팔더니
어디로 가나 이제.
예닐곱 살 계집아이는
무엇에 질렸는지 울지도 않고
흩어진 세간살이 주워모으는 에미의 빨간 손만 말똥말똥 바라본다.
찾아가 기대볼 언덕이 있으면
여기까지 기어들었을까.
비닐 장판을 걷어내 세간을 마저 덮고
망가진 살림살이를 둘러보는 여자의 눈에
파랗게 인불이 인다.

어둠에 대하여

—온산 주민들을 생각함

여기는 어디인가
끝없는 밤의 복판에 요사한 불빛 몇 점 반짝이는 곳.
어디인가
초조한 담배 연기 속에
걱정하는 식구들 얼굴 흐릿해 흐릿해
몸 뒤척여 돌아눕네.
내 두 손 뒤틀리고 내 두 발, 내 온몸
그대 앞에 미친 듯 뒤틀리고 뒤틀리고.
진물 흐르는 이 몸뚱이로
차마 그대 만날 수 없네
자식들 앞에 설 수 없네.
어디인가 이곳
사람이기 위해 병들어야 하는 곳
숨쉬고 물 마시어 병드는 곳.
떠날 수도 없네 이 몸으로는
이따이 이따이
아파라 아파라
어디인가 여기는.

김수영의 풀

무엇인가 저것은
'무궁화꽃이 피었습니다'
잠시 눈을 뗐다 돌아보면
기척도 없이 성큼 다가와 있는 저것은.
무엇인가
지그시, 숨이 넘어가도록 지그시 밟아
다시 뭉개도
꿈지럭거리며 일어서는 저것,
뽑아 동댕이치면 쳐진 대로
꺾으면 꺾인 채로
주섬주섬 다시 일어서 밀려오는 저것은.

무엇인가, 겁나는 저것은
소리소문 없이 산지사방 새끼들 길러 데불고
마침내 이 광화문 네거리
십오층 빌딩의 옥상 구석까지 들이닥치는
저 악착스러운 당당함은.

그러나 무엇인가
저 순한 얼굴,
잠든 내 곁에도 어느 틈에 다가와
함께 가자고
어깨 툭 건드리며 싱겁게 웃는 저것,
저 순하여 무서운 웃음은.

사랑가 2

이 분을 어디에 풀까
광화문 복판에서 꽹매기나 두들길까
길 가는 아무나 잡고 욕이나 퍼부을까
한강으로 나가 하나씩 돌이나 던져볼까
아흐 얼쑤 날라리 장단에 교보빌딩 쳐들어가 각설이짓이나 해볼까

누가 날 속였나 오가는 사람들 눈여겨봐도
하나같이 착한 얼굴
사느라 힘들어 고달픈 얼굴
웃고 찡그리며 바삐 지나가는데
누가 날 속였나, 어디에도 없는 죄지은 얼굴

어디에 풀까 나는 미쳐 돌아가는데
어디에 풀까 사람들은 어디론가 자꾸만 가는데
어디에 풀까 무서워 숨은 컥컥 막히는데
어디에 풀까 모두 다 선한 사람들
이 서대문 네거리
이 무서움 풀 길 없어 달아날
길 없어 분을 풀
길 없어
없어, 아아 어디에 있나 너
죄지은 얼굴 나약한 얼굴 폭력을 부르는 얼굴 피바람 부르는 얼굴 순진한 얼굴 무서운 얼굴 이미 지나간 얼굴

아흐 나는 미쳐가는데
내 사랑의 약속 만발하던 옛날 그 자리에 다시 섰어도
없어졌어라 길은
미친 이 사랑 풀 길 없네

통일

에라 이 천하에 무정한 놈아
글줄 쓴다는 자들 모두
사십 년을 그 타령으로 네 이름 염불했지 않느냐.

네놈이 사람 손으로 빚어진 것일진대
이토록 청맹과니 두억시니 시늉으로
일자 소식 없기냐.

다들 지쳐 이제 염불 소리 힘없고
듣는 이도 목구멍에 신물난다.

달려가
내 생이마빡으로 네놈 잘난 면상을 들이받을란다.
들이받아
눈앞에 불이 번쩍
붉은 피 주르르
묵은 딱지 우수수
사십 년 불감증 시멘트 거푸집을 우지끈 때려부수고
너 아직 죽은 목숨 아님을 증거하리라.

나 죽거든 너 살아라
이노옴 통일아!

독방

—1977년 영등포 구치소

너는 거기서 오고
나는 여기서 기다리고

너는 거기서 허전하게
나는 여기서 손 비비며

책 세 권을 넣어주고
너는 돌아갈 테지

나는 파리를 잡아 벽에 붙여놓고
장난친다

풍경

산모퉁이 잡초 욱은 길로
땡볕 맞으며 가네 흙투성이 늙은이 하나
황소 한 마리.
새소리도 없네 바람 한 점 없네
발밑엔 푸석한 먼지.
저 풍경, 아무도 말하지 않네.
실한 팔다리들 다 어디로 가고
이 빠진 늙은것들만
기침에 넘어오는 가래를 우물우물 되씹어넘기네.
말하는 이 없네
세월은 홀로 저만큼 앞서가고
금간 사발 몇 개 남아 있네.
땀흘러
해진 샤쓰는 등에 붙었네.

월부 장수

진눈깨비는 허천나게 쏟아지고
니미
욕만 나오고,
어디로 갈까
평촌을 거쳐 옥동으로 가볼까.

코흘리개 새끼들이 아슴아슴 눈앞에 밟혀오는데
즈어매는 이제쯤 돌아왔을지.

빈속에 들이부은 막걸리 몇 잔에
실없이 웃음만 헤퍼지누나.

어디로 가서
몇 개 남은 밥솥을 마저 멕이나.

바람은 바짓자락을 붙잡고 핑핑 울어쌓는데
꺼츨하게 떨고 섰네.
저무는 길가엔 철 놓친 수레국화 몇 송이

애도 기차

기차가 가네 새마을호 특실로 가네
금테 안경 배 내밀고 먼산 보며 가네
맵시 있게 산모롱이로 꼬리를 사리는 기차.

우리는 목 터지게 짖었으나
저 기차 자알 굴러가고
똥개야 악을 쓰건 까무러치건 결국 가고 말지만,

갈 테면 가거라 개 같은 기차야
가는 곳마다 가이 있어 또 짖으리.
수원 삽살이 대전 찐달이 대구 순천 전주 메리들 목포 워리 광주 부산 왕눈이들
내일 모레 글피 그글피
대를 물려 짖으리라.

쫓으면 도망가고 돌아서면 되따라가
때리면 얻어맞고 똥 뿌리면 먹어가며
캥캥 컹컹 멍멍 왕왕
다성 합창 우리 짖는 법을

아직도 몰지각한 기차가 간다.
금테 안경 너머로 먼산만 보며
산모롱이 뒤로 급히 내빼는
가련한 기차

우아한 기차.

오월로 가는 길

그예 내 이 길로 가네.
이 길 끝까지 나아가
원통한 죽음들
하나씩 이름 불러야 되겠네.
그 이름 불러 내 목청 터지고
정한 피 다시 흘러야겠네.
이 땅에 큰 근심 끝없다 사람들아.
개망초꽃 하나도 왠지 적막하고
꽃술 밑엔 불길한 그늘
내 그예 이 산길 타네.
벗들 서로 말없고
바람 함께 가네.

노랑나비

내 벗은 어깨 위에
모양 없이 시든 오뉴월 흉년 걱정 보릿대 위에
마른 쑥대 위에
보람 없는 여름 긴 한낮 위에
노랑나비

길가에 앉아 끝내 내 못 간다 사랑아
네 웃음 얼굴마저 이제 눈앞에 흐리고
고개 들면 쏟아지는 허연 살비듬
파란 하늘에 얼비치는 낯익은 사내 하나
길가에 앉아

굽은 어깨 위에
그리움의 녹슨 반쪽 거울 위에
짓무른 눈꺼풀 위에 눈물 위에
초라한 풀꽃의 늙은 이마 위에 덧없는 졸음 위에
노랑나비

고향의 산

애잔하다 할까
죄스러움 그러면 덜할까
남의 산.

오랜만인데 막걸리나 한잔하자고 제법 호탕하게, 넥타이도 이렇게 매고 왔다시피 서울 가서 주눅만 들어온 것은 아니라는 듯이 그렇게, 너를 얕보듯 그렇게
한잔하자고 인사를 건네면
이제 여기서도 맥주를 많이 먹는다고 슬며시 냉장고 문을 여는
너의 서툰 손.
원통하다 할까 빼앗긴 산
바로 쳐다보지 못하고
호적 초본 떼러 온 길에 잠깐 들렀다는 듯이 그렇게
곁눈으로만 너를 만나며,
이렇게 몇 해가 가면
참말 남남이 되겠다고, 차라리 그게 나을지도 모르겠다고 생각하며 가슴이 저린
비겁한 나에게
두어 달 뒤에는 칼라텔레비를 하나 들여놓을까 한다고
너는 떠듬떠듬 말하는구나.

이미 옛날의 네가 아니라는 듯
말없이 고개를 돌리는 네 앞에서

무어라 할까
아직도 사랑하고 있다고 너를 붙잡고
차마 통곡하지 못하는 나는
무어라 할까 네게
버리고 온 땅.

내 고향 동네

내 고향 동네 썩 들어서면
첫째 집에는
큰아들은 백령도 가서 고기 잡고 작은아들은 사람 때려 징역에 들락날락
더 썩을 속도 없는 유씨네가 막걸리 판다.
둘째 집에는
고등고시 한다는 큰아들 뒷바라지에 속아 한 살림 말아올리고 밑에 애들은 다 국민학교만 끄을러 객지로 떠나보낸
문씨네 늙은 내외가 점방을 한다.
셋째 집은
마누라 바람나서 내뺀 지 삼 년째인 홀아비네 칼판집
아직 앳된 맏딸이 제 남편 데리고 들어와서 술도 팔고 고기도 판다.
넷째 집에는
일곱 동생 제금 내주랴 자식들 학비 대랴 등골이 빠져
키조차 작달막한 박대목네 내외가 면서기 지서 순경 하숙 쳐서 산다.
다섯째 집에는
서른 전에 혼자된 동네 누님 하나가 애들 둘 바라보며 가게를 하고
여섯째 집은
데모쟁이 대학생 아들놈 덕에 십 년은 땡겨 파싹 늙은 약방집 내외.

옛 마을은 다 물속으로 거꾸러지고
산날망 한 귀퉁이로 쪼그라붙은
내 고향 동네 휘둘러보면,
하늘은 더 낮게 내려앉아 있고
사람들의 눈은 더 깊이 꺼져 있고
무너지고 남은 부스러기들만 꺼칠하게 산다.
헌 바지저고리
삭막한 바람과 때없이 짖어대는 똥개 몇 마리가 산다.

나가보라 한강으로

—황지우님에게

1

한강으로 나가보아 한강으로 그곳에 비 내리고 겨울엔 눈발 날리고 가을날 볕 맑은 한낮엔 물오리며 길 잘못 든 청둥오리떼 갈매기떼가 슬렁슬렁 날아다니고 발아래 깨진 병 깡통 라면 봉지 떨어진 신발짝 떠돌건 말건 물은 무심히 유유하고 누천년을 저리 유유하고 철교 위로 서독제 전동차 한 대 스멀스멀 지나간다 무엇이 나를 이리 불렀을까 한밤의 통곡 소리처럼 누가 나를 이리 불러내어 초조하게 바장거리게 하나 하늘엔 붉은 해 발밑엔 쓰레기 어제 잘 잠을 다 자지 못했기 때문일까 너무 잤기 때문일까 목이 탄다 타 절망은 사치스러운 말 배부른 자의 한숨 같은 것이여 고통의 표출, 고통의 표출, 고통의 상습화! 문자 쓰시네 놀고 계시네 지랄 난리 발광이시네 유물론적 고통을 겪는 우리 동포들이여! 봉기하라, 봉기하, 자마자 일제 사격 탕 탕탕 타당 사격 중지! 확인하라! 느낌표, 느낌표, 느낌표, 사방엔 느낌표뿐이다 불면 불면 불면의 황홀함, 황홀함의 오줌 마려움, 오줌 마려움의 감미로움, 감미로움의 습관화, 습관화의 권태, 권태의 달콤함, 달콤함의 근지러움, 근지러움의 만유인력, 만유인력의 획일성, 획일성의 쫄병, 쫄병의 설움, 설움의 총소리, 일제 사격! 타당 타당 탕탕 탕! 이게 웬말이냐! 앞길이 구만리인데 이게 웬일이냐!

2

나가보라 한강으로, 비 오는 날, 썩어가는 젊음의 비명과 한숨 소리 만날지니, 말하라 그 참담한 주검들에게, 일어나라고, 바야흐로 어둠이 다하고 좋은 날들이 오고 있다고, 일어나라고, 말하라, 악몽에 소스라쳐 이마를 훔치며 깨어나던 그 진저리나는 시간들 다 흘러갔다고,

불타고 있다, 모든 가로수와 모든 집들과 모든 살아 있는 자들의 가슴이, 겨울 벌판의 들불처럼 타고 있다 아스팔트와 집들과 공기들마저, 탄다, 타고 있다

3

왜 이렇게 답답할까 허우적거려도 허우적거려도 아무것도 내 사지에 닿는 것이 없네 두려워서일까 무엇이 매 맞는 일이 남들의 비난이 바로 두려움이 하늘은 파랗고 강과 산은 옛과 같은데, 같은가, 지렁이처럼 송충이처럼 몸 움츠러들어 제 살을 제 손으로 후벼파 피 흘리고 울고 있네 산지사방의 너구리떼야 네가 너구리냐 너는 너구리가 분명하냐 너도 네 살 네 손으로 후벼파는 가련한 짐승 돌아가 숨어 우는 불쌍한 짐승이 아니냐

남들의 웃음에 가슴이 상해 이불을 쓰고 운다 내 등뼈 어디로 갔느냐 내 꼿꼿한 등뼈는 어디로 갔느냐! 한심하구나야 무쇠 항아리 구리 솥 쇠도리깨 청동향로 박달나무 지팡이 물 건너간 나의 사랑아 똥개는 왕왕 짖고 서독제 기차는 가는데 가는 저 기차의 애달픔이여 애달픔이

여 참을 수 없는 쌍욕이여 기억의 새로운 깃발이여!

4

누가 우리를 도와 무사히 멸망에 이르게 하리오

우리 이미 병들고 갈 길 아득하니 지금 저 해가 뜨는 해냐 지는 해냐 쫓기는 초식짐승처럼 뿔뿔이 뿔뿔이 구름은 흩어지고 달아나는 구름 좇아 궂은 바람 휘몰아친다 어허 길 멀다 여기 어디냐 우리 죽을, 우리 죽어 묻힐 곳 이곳이냐 슬프다 이 칼 빼어 네 목을 치지 못하고 네 배지를 갈라 후벼파지 못하고 우리는 지쳐 한몸 가누기도 힘겨우니

제3부

예언서 1

방언 기도를 올리는 자들아
잘린 혀 말 못하는 한으로
이 강가에서 나는 너희를 위해 울었다.
이교도에게 몸을 팔아
너희들 값진 패물과 향유로 치장하고
낯선 우상 앞에 엎드릴 때
배다른 네 형제들은 눈 덮인 벌판에 버려져 있었다.
아름다운 신전에서 두 무릎 꿇고
너희들 하늘과 땅에 가득한 은혜를 입 모아 찬양할 때
너희 살진 포도밭 앞에 네 형제들은
허기진 몸으로 쓰러져 있었다.

이제 들어도 듣지 못하는 너희를 위하여
보아도 볼 수 없는 너희를 위하여
눈물에 적셔 칼을 간다.
너희에게 주는 마지막 사랑으로
차마 저버릴 수 없는 너희 혼을 위하여.

예언서 2

내가 기어코 너희들을 멸하리라.
형제의 피가 제단 위에서 마르기도 전에
돌아앉아 단 포도주를 입에 붓는 자들.
제 한 목숨을 부지하기 위해
첫닭이 울기 전에 세 번이나 거룩한 이름을 모독한 자들.
내가 기어코 너희 두 눈을 빼고 두 귀를 잘라 벌판으로 내몰리라.
벌판의 까마귀떼로 하여 너희 염통을 쪼게 하리라.

예언서 3

나는 그대 눈부신 이름 부르지 못합니다.
몸 더러워지고 넋마저 바스러져
외마디 비명도 이제 내 것 아닙니다.
부르지 않아도
부르지 않아도 오실 줄을 믿습니다.
이 참담한 흔들림 사이에
그대 서늘한 눈매 깃들 것을 믿고 믿습니다.
부르튼 발과 깨진 무릎
어루만져주실 것을 믿고 또 믿습니다.

시를 쓰며 1

아저씨
쥐새끼처럼 치사하게 살고 싶어요.
시 같은 것이야 뉘 집 개아들이 물어가도 상관 안 하고
살고 싶네요 불온하지 않게
양처럼 쥐처럼 온순하고 고상하게.

고급 향수 같은 불란서 영화 같은,
곱고도 아련한 시 쓰고 싶어요 천진무구하고 싶어요
환장하겠어요.

낙골 판자촌 날라리 공동변소에 똥 떨어지는 소리 같은 것은
이 세상에 없는 것으로 치고 싶어요.
싹 없애줬으면 좋겠어요.

그렇게만 살다가
쥐새끼처럼 밟혀 죽고 싶어요.

시를 쓰며 2

시를 쓰자고 종이를 펴면
들리더라 겨울바람 소리 비틀거리는 걸음 소리 가파른 낙골 언덕 리어카 끄는 소리 언 땅을 파는 곡괭이 소리.
머리를 흔들고 다시 펜을 그러잡아도
내 속에서 들리더라, 숱한 호텔마다 망년 파티 잘빠진 사람들의 드높은 웃음소리 유리잔 부딪는 소리.
텅 빈 논밭을 칼바람은 쓸고 지나가고
떠나는 소리 캄캄한 소리
귀를 막아도 들리더라.

시를 쓰자고 종이를 펴면
이내 다시 덮는다.
이어야 할 것은 아니고 아닌 것만 남아 이 겨울이 지나는데
펜을 잡고 앉은 나는 누구냐 거기 있는 너는 누구냐.
죽이는 소리냐 죽는 소리냐.

시를 쓰며 4

내 혼에 불을 붙여
이 벙어리 입이 열리게 하고, 그때
새나오는 두려움과 한숨과 다짐으로 시를 이루게 하라.
나의 말들을 참답게 하라.
내 온몸을 갈라터지고 물집 잡혀
세상에 가장 더러운 자 되게 하고,
마음은 어둠 속에서 피 흘리어
어둠보다 더 어두운 곳에서 헤매게 하라, 칼바람 벌판에서
울부짖게 하라.
밤에는 두려움에 떨게 하고
아침에는 부끄러워 문을 열 수 없게 하라
기다려도 기다려도 오지 않는 이름.

시를 쓰며 5

칼이 하나 있어야겠다
애꿎게 썩은 호박이나 쑤셔대는 그런 것 말고
만만한 닭 모가지나 치는 그런 것 말고
서진 룸살롱 그런 식도 말고

당당하고 총명한 칼 한 자루
산맥과 같이 장하고 깊은 강의 설움으로 오래 벼린
뜨겁고 눈빛 맑은 칼 한 자루

누구 있어 저 침묵의 하늘
써억 배 가르리
새 빛 속에 제 몸 버텨 세우리

살기(殺氣)

이런 육시랄 살
벌벌 떨림,
하이얀 대낮이네 광화문 네거리.
내 정수리에서 발바닥까지 단숨에 뚫고 내리꽂히는
총알 같은
대검 같은
땡볕의 이 눈앞 캄캄함.
외마디 비명 아니고는 비킬 곳
없어, 한몸
가릴 길 없어
눈 뒤집히는데,

어떻게 가나
제발,
가만히 스며 지하도 지나고
유령처럼 육교를 스쳐 건너면
저 살기 어린 눈들 피해갈 수 있을지,
아무데건좋아먼곳에닿을때까지만불을끌때까지만잠자리에숨어들어눈감을때까지만
제발,

소용없어 이 피비린내,
버러지 같애.

양변기 앞에서

안 된다
저 뻰뻰스러운 그릇 앞에서
져서는 안 되지.
어지러워 대가리를 쑤셔박고 바닥에 고꾸라질지라도
양놈 사타리처럼 허여멀쑥 웅큼한 저 물건을 붙잡고 무릎을 꿇을 수는 차마 없는 일.
사기성 농후한 저놈
이 땅의 살진 거름 다 먹어치우는 입 큰 저놈
김치찌개 쇠주 한잔에 얼근한 이 설움을
퀴퀴한 땀냄새 갈증에 찌들어진 이 사랑을 토악질을
저놈 알겠어.
이 똥 저 똥 다 먹어 챙기고
구린내 지린내 날 틈도 없이 촌놈들 뒤통수 후려치는 우구르르 쏴아 소리,
입 싸악 닦고 앉아 있는
에라, 이 교활한 놈.
안 된다 저 물건 앞에서는
마려워도 참는 것이다.
울컥울컥 넘어오는 것들을 되씹어넘기고
찰찰 물 고인 저 뱃속에다
우리도 교활하게
손이나 설렁설렁 씻고 나오는 것이다
입 쓰윽 닦고 그냥 가는 것이다.

술집 '비엔나'

술집 '비엔나'
친구들과 들어앉아 마시다가
앞에 앉은 백 번 아가씨의 큰 눈에서 보았다.
비엔나처럼 생긴 의자와 비엔나처럼 생긴 조명등 비엔나처럼 생긴 칸막이 속에서
나도 비엔나 시민이 되어 우아하게 술을 먹다가
어쩌다 실수하여 나는 그만 보았다.
백 번 아가씨의 설움을 보았다
나의 것을 엿보고 있는 그녀의 설움을 보았다.
나는 왜 모르고 있었나
비엔나는 기껏해야 이 땅의 술집일 뿐인걸.
그 앞에서 왜 나는 피에로처럼 껙껙 헛웃음만 웃었나.
나는 왜 모르고 있었나
비엔나는 기껏해야 발음하기 매끄러운 이 집 간판인 것을.
초미니 제복 옆구리 터진 실밥 새로도 비어지는 백 번 아가씨의 설움은
비엔나가 아니라
비엔나가 아니라
이 땅의 제품인 것을.
비엔나처럼 요리된 김치를 떨리는 맨손으로 집어먹으며
그녀와 나의 설움이 맞닿는 거대한 뿌리를 보았다.
손으로 가린 백 번 아가씨의 하품 속에서 나는 보았다
술값 비싼

술집 ‘비엔나’.

내 친구 이군

늙은 어머니를 업고
뼈만 남은 사내가

간다
모질고 갈증 나는 세월을 등에 업고
산갈대 들꽃도 무심한 남도 땅
간다.

뼈만 남아 간다 사내의 여자야
울지 마라.

졌지만
고층 아파트 시멘트벽에 기대어
외롭게 외롭게 쓰러졌지만
간다
뼈만 남은 사내
때에 전 천 원짜리 몇 장.
혁명도 버리고 긴긴 몹쓸 꿈 숨막히는 여름 다 버리고
간다 그 깊고 아득한 땅
몸 누이러.
아니라고, 우리는 아니라고 소리치며
사내의 여자야 울지 마라.
돌아올 것을
늙은 어머니 등에 업고 흙먼지 헤치며

펄펄 살아
다시 돌아올 것을.

흑인 병사

껌 짝짝 씹으며
황인종 훑어보는
거기, 검은 친구
다리 긴 그대.
고향이 어디인지 장가는 들었는지
부모는 무얼 하는 양반들이며 학교는 어디까지 다녔는지
알 수 없다만
채신없이 까불어대는 그대 긴 다리와 커다란 신발이
아무래도 비애인 것만 같애 비애인 것 같애.
수말처럼 싱싱한 팔다리를 가지고
그대의 먼 조상들은 얼마나 당당한 그 땅의 주인이었던가.
조상의 옛 땅 어디에 두고
얄궂다, 남의 나라 주둔군으로 팔려와 유에스 아미 금색수도 천박한
잠바 속에 구겨져 추잉 껌이나 씹어대고 있다니.
노려보는 내 눈빛이 조금은 불편한가.
늦진 않았다
할 수만 있다면 돌아가다오.
가서 시저의 것은 시저에게 돌려주고
냄새나는 빠다 통과 그따위 잠바때기도 돌려주고
차라리 그대의 가난과 슬픔을 들고
빈손으로 찾아오라.

우리도 우리의 남루와 상처를 부끄럼 없이 들고 나가
그대 맞으리니
마주잡을 우리 두 손은 얼마나 눈부시리.

끝

길은 이제 끝났습니다.
아무도 아무데로 가지 않습니다.
아무데에도 아무데가 없습니다.
길은 이제 끝났습니다.
식장에 선 남녀들이 아무도 사랑을 믿지 않습니다.
깨질 그릇도 쏟아질 물도 이제 없습니다.
길은 끝났습니다.
일어선 사람들이 걸으려 하지 않습니다.
앉은 사람들은 일어서지 않습니다.
잠자는 사람들은 깨려 하지 않습니다.
걸어갈 다리와 앉을 엉덩이가 끝났습니다.
누울 등과 뜰 눈이 끝났습니다.
아무도 없습니다.

우리 이제 어떻게 사랑하나
두 팔이 있어 껴안을 수 있나
입이 있어 서로 핥아볼 수 있나
방이 있어 뒹굴 수가 있나
죽음조차 모두 끝입니다.

친구에게

아아, 이대로 떠날 수는 없나.
가진 것 다 버리고
친구도 적도 웃음도 울음도 없이
펄펄 뛰는 가슴끼리 만나는 땅으로
미쳐 떠날 수는 없나.

그늘로 숨어다니며 아니라고 아니라고 외쳐봐도
남는 것은 부끄러움.
먹어도 먹어도 허기는 지고 자도 자도 가위만 눌리는데
저마다 옳다고 지조 높은 개들이 새벽을 짖어댈 때
죄 많은 우리는 차라리 떠나자.

종로에서

어디로 가나
우리는 취했는데.
어디로 가나
호주머니는 텅텅 비었고 차들은 저렇게 달려가는데.
어디로 가나
그리운 하늘은 다시 뵈지 않는데
여긴 어딘지.
끝나지 않은 노래가 마저 끝나면
어디론가 가야 한다.
그날의 종각아 지하철아
빛나던 우리야.
어디로 가나
연극은 끝났는데
우리는 가야 하는데
우리는 어디로든 가야 하는데.

가는 길

어디로 가면 되나
내 살아 홀로 그대 만나러 가는 길

어디로 가면 닿는가
남녘으로 남녘으로만 가면 우리 만나는가
북으로 북으로 치달으면 만나는가
한 목숨 내가 버리면 우리 만나는가

피 젖은 헌 가마니에 나도 가 누워
그대 묻힌 어느 시궁에 따라 묻혀서
한 시절 묵묵히 순한 지렁이떼 키우고 나면
그러면 비로소 만나질 건가

아아 언제까지 이렇게만 살 수는 없어
그대 찾아 나선 길
나는 갈 곳이 없다
그대의 이름을 물을 곳이 없다

타령조

똥개처럼 우리는 꼬리만 사릴 것이냐.
저 넉넉한 비와 바람, 억센 추위와 따스한 봄볕, 숨죽인 채 기다리는 논밭과 야산들
다 주고 남 다 주고
찌그러진 냄비 바닥 멸치 대가리만 핥을 것이냐.

무엇도 이루지 못하고
지쳐 돌아오는 길
식은땀만 허깨비처럼 흘러.
저물었나 우리도
어느덧 입은 단것에 맛을 붙여
아픈 이야기는 피해 가게 되었나.
딱하다 반도의 술 한잔이여.

땡볕 아래 뒤얼크러져
흐벅지게 온몸으로 비벼주지 못하고
우리의 사랑 맞닿아
저 광화문 한복판 번갯불로 후려때리지 못하고,
우왕좌왕 헤매기만 하다가
빈손으로
지쳐 돌아오는 길.
변두리 포장집에 구겨져서
싸구려로만 울다 웃다 말 것이냐
비루먹은 똥개처럼 뒷길로만 돌 것이냐

숨어서만 울 것이냐
때없이 숨은 턱턱 막히고
시간은 총알처럼 심장을 관통하는데.

그날 이후

오늘은
우리, 꽃이 아니어도 좋지.
무너져 누워
잠조차 들 수 없는 가위눌림 속에서
우리는 울음을 삼키며 서로를 버렸다.
이제는 휴지처럼 구겨진 그날의 약속을
다시 기억하지 않으리라.
새삼스러운 나약함인가
죽지 못하고, 차라리 죽음이지 못하고 비겁하게도 나약함일까
치사한 불면증일까.
니기미, 허나 개판으로 좀 젖혀도 좋지 오늘은.
우리가 다시 그 네거리에서 만날 수는 없다 해도 친구여,
쉼 없이 타고 있는 우리의 피 속 독한 그리움 속에서
더 멀고 큰 약속 안에서
우리는
뜨겁게 만나고 있는 것을.
오늘은 우리
지울 수 없는 상처와 긴장의
칼날 위에 짐승처럼
물구나무를 서도 좋지
짐승이어도 좋아.

이름을 기다리다

허깨비 떠돈다.
보이지 않아 아무것도
캄캄한 밤만 있네 끝없는 악몽만 있네
막다른 길만 있네.

머물지 않으리라 머물 곳도 없는 땅.
어둠의 한끝에 매달려 가위눌려 나는,
이제 부르지 않으리라, 부를 이름도 끝난 땅
그리워 목메일 흙 한 줌 없는 땅
흙먼지도 일지 않는 땅.
서울 막다른 길 여기는 영등포
차가운 역 광장 바닥에 누워.

별빛이 아니네.
사라진 우리의 꿈도, 뜨겁던 우리의 손잡음도 아니네.
기다리는 것은
내 이름, 허깨비로 떠도는
내 이름이 돌아오기를
돌아와 이 육신을 불러주기를.

약혼

꽃처럼 곱던 시절은 다 갔구나.
까칠한 네 얼굴을 보니
지난 몇 해가 어제만 같다.
다 그런 거라고 나는 능청을 떨지만
손쉽게 다 그럴 수는 없는 거였지.

꽃같이 여리던 시절도 이제 다 가고
험한 세상 없이 살자면
튼튼한 몸뚱이밖에 믿을 게 없다.
오직 말할 것은
굳세어라 마누라야.

저세상 갈 때까지 한솥밥 먹으며 부대껴보자고
마른 네 손가락에 반지를 끼우는 날,
실없이 나는 눈물난다
이 아름다운 약속이
기쁘기도 해서 슬기도 해서.

제4부

먼길 나서는 두 사람을 위하여

—장기영에게

너희들
모두 이리 와서 보아라.
춥고 긴 이 겨울에 펄펄 뛰는 두 가슴이 만나
손 맞잡고 시집 장가 가는 것 좀 보아라.
아직 사랑을 모르는 조급한 사람들아
눈물의 뜨거움과 기다림의 끈끈함을 아직 모르는 사람들아
모두 이리 와서
이 사랑을 보아라.
모진 세월 슬근슬근 톱질하는
이 슬기 좀 보아라.
한기는 으슬으슬 뼛속을 파고들고
돌아봐도 어두운 세상 겁만 나는데,
서로 감싸안고 내딛는 이 걸음이 보통 일이냐
빙판 위로 솟는 불꽃이 보통 일이냐.

세상 거친 굽이 파팍하게 넘는 사람들아
모두 이리 와서 이 사랑을 보아라
이 탄탄한 뿌리를 보아라.
똥개들은 짖어대도 슬슬 떠나는
이 기차를 보아라.

눈물이 저 길로 간다

눈물이 저 길로 간다
슬픔 하나 저 길로 굴러간다
물아래 물아래 울음이 간다
찔레꽃 한 잎 물위에 흘러간다

오늘 못 가고 내일
내일 못 가고 모레 글피
글피도 아니고 아득한 훗날
그 훗날 고요한 그대 낮잠의 머리맡
수줍은 채송화 한 무더기로

저 길로 저 길로 돌아
내 눈물 하나 그대 보러 가리
그대 긴 머리칼 만나러 가리
서늘한 눈매 만나러 가리

오늘 아니고 어제
어제도 훨씬 아닌 전생의 어느 날
눈물은 별이 되어 멀리로 지고
손발 없는 내 설움 흰 눈 위로
피울음 울며 굴러서 간다

시를 위하여

강물은 흐르지 않는다 강의 잔해만이 초라할 뿐
시는 쓰여지지 않는다.

기다리지 않는다 사람들은
가슴에 강물이 고일 때를
고인 강물이 옷을 벗고 알몸이 될 때를
강물이 몸을 일으켜 제 아랫도리를 굽어볼 때를.
기다리지 않는다
혼자 떠나는 강물의 뒷모습을
떠난 강물이 남긴 발자국들을
그 발자국에 남아 잠든 새끼 강물들까지를.

떠나지 않는다 사람들은 떠난 강물을 만나러.
대신 강물이 되어 비우고 간 자리에 눕지 못한다
새끼 강물을 배지 못한다.

강물이 흐르지 않는다
시가 쓰여지지 않는다.

연시(戀詩)를 위한 이미지 연습

1. 고백(告白)

골목을 돌아나왔다
바람을 죽이고
바람의 흰 알몸을 죽이고 대신 바람이 되어 돌아나왔다.
죽은 머리칼 하나가 암호처럼 이마에 붙어서서
나를 흔든다.
바람은 죽어도 바람,
머리칼은 꿈틀거리며 슬퍼하라 슬퍼하라 말한다.

슬픔은 꿈속에서나 오는 것이라기에
나는 흔들릴 때마다 넘어지려 애썼다.
넘어져 잠들려고 애썼다.
넘어져서도 이젠 어릴 때처럼 울지 않고
다시 일어서서야 몰래 울었다.
머리칼도 소리 죽여 따라 울었다.

서투르게 잠든다.
바람을 만나 이 알몸을 돌려주리라, 이 머리칼을 돌려
주리라.
하나 아무도 내게 빈손을 보여주지 않는다.
꿈속에도 나는 비틀거리며 골목을 돌아나오고
그러다 비가 되어
아무 집 담장에나 무심히 얼룩진다.
비로소 바람은

담장에도 분다.

2. 우산 속의 꿈

이리 와
남루한 우산 속에
우리의 두 손이 부딪치도록.
저것 봐, 우리의 눈빛이 빗물에 씻겨가는 걸
씻겨가 몸살 앓으며 사방에서 꺼져가고 있는 걸.
한데, 우리의 발자국 속엔 무엇이 고여 잠시나마 빛나며 남아 있는 것일까.

잃어버린 온갖 것들은 풀잎 위에 찬란히 반짝이는데
뒤에 숨어 우리가 만나는 것은 부끄러운 졸음뿐.
숨어야지 우리는
우산 속으로.
숨어, 저 빗속에서도 우리의 맑은 모음을 거두어들이고
매끄러운 허리를 그대에게 보여줘야지
그대의 흰 이를 옆구리 연한 살점 위에 얼마나 아프게 느껴보고 싶은 내 몸인데.

어디로 데려갈 것인가.
저 작은 빛다발이 기어이 우리를 어디로 데려가
마지막 잠자리를 밝혀주다가
결 고운 머리칼로 우리의 꿈속을 저도 꿈꾸며 헤집고

다니려나.
우리 두 손이 닿았던 자리에 남은 저릿한 아픔, 스러져 잠들지 못하는 저 아픔은
이제 누구의 것이 되어 빛보다 밝은 어둠으로 빗속에서 있는 것일까.

내 추운 이마가 그대의 가슴에 닿을 때
보인다 우리의 뒷모습이.
버릇처럼 팔을 젓다가
저녁이면 빈 바다만 하나씩 안고 돌아눕는
우산의 뒷모습이.

3. 어디서 무엇이 되어
만조가 다가오는 인천(仁川) 뻘밭에
옆으로 기는 새끼 게 되어 만나랴.
갑각의 등은 잠시 벗어두고 속살끼리 만나랴.
그렇게 어우러져 꽃불 틔우고 살과 피 한데 엉켜 한 이불 덮으면
벗은 우리의 등이 시렵지 않으랴.
살 속으로 살 속으로 서로 불러도
우리의 등에는 인천 뻘밭 찬비 내리고,
두고 온 껍데기의 울음소리에
부끄러우리, 잠이 깨도 깨지 않을 이 목마름.

신탄(新灘) 강가에 두 마리 모래무지 되어 만나지.
한 모래 먹고 한 물 마시고
종일 꿈꾸는 얼굴로 만나지.
그렇게 살다가
어느 날 갑자기 둘 다 죽어버리면
빈 강은 남아 외로워할 거다.
아하, 바람처럼 소리를 낼 거다.
뚜벅뚜벅 말을 할 거다.

흘러가자 우리.
물이 되어 흐르노라면
지난날 흘리고 온
우리의 목소리와 몸짓들도
함께 젖어 흐르겠지.
그 긴 흐름 속에서 우리는 만나
부끄러움 없이 아이를 낳아 키우고
키워 저 어둠 속으로 또 흐르게 하자

밤 지내기

1

고즈넉이 기다리마
치통을 앓듯, 치통 뒤에 오는 어지럼증을 앓듯
힘센 바람이 내 수줍은 눈꺼풀에 닿아주기를.
기다리마
처녀인 내 꿈이 깨어나기를.
자정 넘어
길가의 전봇대가 두 눈 번쩍 뜨고 걸어오기를,
걸어와 뜰 앞 사철나무 곁에 멈춰 서면
비로소 아침 되기를.

2

아무도 먼저 입을 열지 않는 풀잎의 밤
손금 사이에서 길어올린 물로
어머니인 땅은 새로운 식탁을 준비한다.
포식을 끝내면 나는 또 당신의 손금 속으로 들어가 잠드는 것이지만,
웬일인가 처녀인 어머니
당신의 흰 머리칼이
피 속에 섞인 눈물처럼 이제야 내 잇몸에 저린 것은.
단옷날 빚은 술이 이제야 내 이 끝에 시린 것은.

당신의 어느 아들도 먼저 말하려 하지 않는다.
해사하게 꽃내 설레는 바람이

어느 풀잎도 반갑지 않다.

3

들어야 하지
강가 여뀌떼 푸르르 떨며 그늘로 그늘로 전해준 소문.
사내란 사내는 다 산으로 가고
저 소리,
누군가 하나는 남아 앓아야 하지.
이마에 듣는 빗방울이 마침내 날 버리고 땅으로 스미는 것도,
죽은 것들 다 살아 술 취하는 밤에
홀로 나를 어둠 속에 남기는 것도 다 저 소리, 저 소리 때문.

사내들은 죄다 산으로 가
돌 베고 드러눕고
남아 지키는 내 얼굴도
졸음 속에 듣는 허무한 약속.

차라리 강가로 나아가
나도 거친 종아리로 푸르르푸르르 울면
그제야 저 소리,
내 치통 속에서도 무엇인가 반짝이게 하여
편안히 날 재워줄까.

4

저 사내,
죽어서도 산 것처럼 걸어가네.
강물처럼 곳곳에 그림자 끄을며 걸어가네.
사내의 여자야, 덮쳐 물어라 저 모가지,
불면의 눈썹 떨어지면 붉은 꽃이라도 필라
참았던 기침이 이슬처럼이라도 맺힐라.

저 사내 수상하다,
저녁마다 강가에서 떼죽음하고
아침이면 부끄러움도 없이 다시 눈뜨고
쫓기듯 쫓기듯 걸으며 한 번도 뒤돌아보지 않네.

외갓집에 다녀오며

캄캄한 동구 밖 산모롱이를 돌며
철썩철썩
물소리 들었다.

멀고먼 바다 산호 숲 고향을 떠나와
이 밤중 외로운 산골을
물은 호젓이 견디누나.

어두운 신작로 따라
너를 생각하며 나는 허공으로 불을 비추는데
어디서 너는 하늘을 보느냐.

저 불빛 별과 별 사이를 끝없이 돌아서
훗날 이 산골 물소리로 살아와 설렐 때,
너도 이곳을 지나다가
내 불빛을 알아보고 얼굴 붉힐까.

외갓집에 다녀오는 길
철썩철썩 물소리 들으며
먼 옛날 네가 비춘 불빛 만난 듯.

5학년 2반 교실에서

5학년 2반 여자아이네 교실 오른쪽 벽

기억하지, 엄마야 누나야 강변 살자, 사내아이 슬픈 눈 하나가 뒷짐지고 하늘을 보던 액자 하나.

금모래 뜰 갈잎 숲으로 나를 불러 나도 그림 속으로 좇아 들어가 뒷짐지면, 슬프게 하늘 보면, 강물 소리도 날 따라와 저희 엄마 누나 생각 얼굴 흐려져 차라리 눈감고 흐르데.

5학년 2반 여자아이, 땋아내린 갈래머리 꿈처럼도 흰 살빛으로 액자 속 들여다보다가, 강변에 사는 나를 못 알아보고 조개껍데기만 주워들고 돌아가면, 나는 소리소리 지르고 몸부림치고, 그래도 뒷짐진 사내아이 꿈쩍 않고 의젓하게 강변에 살데. 강변에 비 내리는데, 비 내려 갈잎 소리 교실에 그득한데.

유리창

사랑하기로 한다

5분이 지나면.

마른풀과 짚으로 만든 잠자리에 돌아가

혼자 눕기로 한다.

긴 침묵 끝에

우리는 두 개의 강이 되기로 한다.

만나면 몸짓으로만 사랑하기로

돌아가 먼 곳에 하나씩

어린 물고기를 키우기로 한다.

조율(調律)

1. 사내의 말

기다리다 기다리다
문설주 비쩍 마른 등결에 피 배어나오게 기다리다
깜빡 내가 죽으면
저만치 문밖에 그대 신발을 신고
내가 오네

2. 유혹

내 마법의 요령 소리 짤랑이면
그대의 잠은 아득히도 깊어지고
어느 뭍 사내의 몸 냄새 가득한 그대의 꿈을 꾀어
나는 거울 속으로 달아난다
향기로워라
산호 수풀에 그대 넋을 뉘어두고
해초 묻은 맨발로 잠 속에 숨어든다
그대는 내 꿈을 꾼다
덧니와 다친 손가락과 허리를 꿈꾼다

3. 배신

그중 긴 손금 하나가
내 손바닥에서 기어나와 지네가 된다
그대의 긴 머리칼 하나
꿈틀 따라 일어서 지네가 된다
빛나는 빨건 등이

유월 청청한 하늘에 섧게 가 박힌다

4. 불꽃

사내아이를 밴 여자는 뱀이 두렵다
거두어들이지 못한 두 손이
뒷걸음치며 뒷걸음치며 뱃속의 아이를 부른다
핏빛 이름을 가진 아이를

5. 섬

보름달이 구름 속에서 몸 푼다
얼마나 귀여운 짐승을 하나씩 낳아
작약도 모래벌판에 눠어두고
저는 돌아가 고달픈 머리를 산에서 쉰다

오월에 죽은 내 애인은
그 참한 맨발로 종일 물가를 첨벙대곤 했었다

저승의 어느 바다에도
이맘때 해당화 하나 몸 풀겠다

자, 한잔

들게,
세계의 사내들이 강가에 모여
웅얼거리며 웅얼거리며 제 어머니를 찾는데
어머니의 자궁 속에 남아 있는 탯줄을 찾는데
자, 한잔
여자들은 남아 빈집 지키고
여자들은 긴 치맛자락 아래 외간 바람을 숨겨들이고
여자들의 꽃밭엔 꿈결처럼 목련이 지고
오, 익사한 사내들의 목숨은 차례로 바람이 되어 강을 안고 돌아오는데
몸은 강가에 묻고 유월 하늘을 바람으로 돌아오는데
누구를 위해 둥근 술잔인가
붓게,
사내의 여자들은 입덧하고
바람이 닿기도 전에 목련이 지네
여자보다 고운 자네여
자, 한잔

기다림

—여자의 말

내 뜰에 내리던 비가
대문을 넘어 사람들 오가는 행길가에서
그대를 기다리며 내려요.
그대가 돌아오면 갈아입힐 옷가지 몇 품에 안고
손 비비며 손 비비며 기다려요.
저번 날은 강 복판 흐름 위에 앉아 흘러가시더니
날 못 보고 혼자 강물 되어 흐르시더니
이제쯤 바다에 닿으셨나요.
지쳐 돌아올 그대를 위해
나는 하루에 열 번도 더 머리를 빗어요.
열 번도 더 마당을 쓸어요.
내 나무들은 밤마다 강가로 걸어나가
푸르르푸르르 울다 돌아와요.

문학동네포에지 002

밤에 쓰는 편지

1판 1쇄 발행 1999년 2월 10일
2판 1쇄 발행 2005년 1월 27일 / 2판 4쇄 발행 2013년 12월 20일
3판 1쇄 발행 2020년 11월 22일 / 3판 2쇄 발행 2023년 11월 10일

지은이—김사인
책임편집—김민정
편집—유성원 김필균 김동휘 송원경
디자인—이기준
저작권—박지영 형소진 최은진 서연주 오서영
마케팅—정민호 박치우 한민아 이민경 박진희 정경주 정유선 김수인
브랜딩—함유지 함근아 박민재 김희숙 고보미 정승민 박다솔 배진성 조다현
제작—강신은 김동욱 이순호
제작처—영신사

펴낸곳—(주)문학동네
펴낸이—김소영
출판등록—1993년 10월 22일 제2003-000045호
주소—10881 경기도 파주시 회동길 210
전자우편—editor@munhak.com
대표전화—031-955-8888 / 팩스—031-955-8855
문의전화—031-955-2689(마케팅), 031-955-8865(편집)
문학동네카페—cafe.naver.com/mhdn
인스타그램—@munhakdongne / 트위터—@munhakdongne
북클럽문학동네—bookclubmunhak.com

ISBN 978-89-546-7042-5 03810

www.munhak.com

문학동네